KB119778

너하고
싶은거
다해

너하고
싶은 거
다해

글·그림
임유끼

위즈덤하우스

프롤로그

안녕하세요 이 책의 작가 임유끼입니다.

...하지만 이제

이 책의

주인은

제가 아니라 당신입니다.

이 책의 곳곳에는 당신에게 던지는 질문과

오늘은 무슨 생각을 했나요?

ㅁㅁㅇ / ㅇㅁㅁ

기록하는 공간이 있습니다.

단지 작가의 생각만 담긴 책이 아니라,

너하고 싶은곳 다 해

책을 읽은 '나'의 생각이 담기기를 바랍니다.

저는 바랍니다.

이 책이 당신의 한 부분이 될 수 있기를.

1장··· 그래도 나는 내가 좋다

2장 네, 요즘 젊은 것들입니다

3장 연애, 가장 재미있는 놀이

4장 혼자 있고 싶을 때, 함께여서 좋을 때

1장
그래도 나는
내가 좋다

우린 아직 졸라 젊다

할까? 말까?
해서 성공하면 나는 한 단계 올라가겠지만
해서 실패하면 손해 본다.

괜히 했다.
안 했더라면 창피하지도 않고
체력적, 시간적으로도
덜 소모되었을 텐데.

그래도 나는
다시 선택의 순간이 왔을 때
또 '한다'를 선택할 거다.

'만약 했더라면' 하며
뒤돌아보고 싶지 않기 때문이다.

우린 아직 졸ㄹㄹ라 젊다!

그러니까,
포기하지 마

우리 새로 시작해

우린 그런 기회를 가질 권리가 있다.
리셋할 기회.
다시 시작할 수 있는 기회.
그 기회를 주자.
나도, 당신도.

우리
새롭게
다시
시작해.

무거운_것들_이제_그만_버려요!

뒤처진 인생

I LOVE 뒤처진 인생!
세상의 모든 뒤처진 인생들을 사랑해 ♥♥

내 인생

누가 뭐래도
세상이 어떠한들
내 인생은 1인칭 시점.
주인공은 나.

내 시각에 따라서
장르도 콘셉트도 달라진다.

난 내 인생이라는 작품을
사랑하기로 했다.

○

내 인생

장르: ~~~~~~~~~~~~~~~~~~~~~~~~~~~~~~~~~~~~

주연: ~~~~~~~~~~~~~~~~~~~~~~~~~~~~~~~~~~~~

감독: ~~~~~~~~~~~~~~~~~~~~~~~~~~~~~~~~~~~~

꿈을 포기한다는 것

어느 순간부터 '꿈'이라는 것이 상상하면 행복해지는 지향점이 아니라
이루지 못하면 실패자가 되어버리는 무거운 짐이 되었다.
결국 그 무게를 견디지 못하고 놓아버리고 말았다.
그리고 나는 나를 잃어버린 것처럼 절망했고
'이제 어떻게 되든 상관없어' 라는 마음으로 살았다.

그래도 시간은 지나
한 걸음 한 걸음 다시 인생을 걷기 시작했고
조금은 더 성장한 모습으로 새로운 목표를 만들어나갔다.

그러다 알게 되었다.
이루어진 것도 가치가 있지만
이루지 못한 꿈도 그것만의 가치가 있다는 것을.
끝까지 저 멀리서 빛나는 꿈이기에,
나에게 상상할 여지를 준다는 것을.

잃어버렸던 꿈은 그렇게 다시 나에게
꿈이 되어 돌아왔다.

열정은 믿음에서

소위 근자감이라고 하는
'나는 특별하다'
'나는 할 수 있다'
같은 믿음이
서서히 꺾이기 시작하고
주제 파악을 하게 되면서
자신이 싫어지고, 미워지고.

자신이 싫고, 밉고.

그럼 아무것도 할 수 없잖아.

○

내가 나를 믿기 위해 필요한 것은?

~~~~~~

~~~~~~

선택의 순간들

어떤 선택을 하더라도
후회를 하게 된다면
외적인 조건이나 다른 이의 충고나 강요보다는
이왕이면 내 마음이 이끄는 대로
내가 원하는 대로 할 거야.

그 끝에 어떤 결과가 있든
적어도 내 선택에 내가 책임을 지고
남 탓하지 않을 수 있으니까.

그런 선택이 차곡차곡 쌓인다면
나는 예전보다 더 주관이 뚜렷해져 있을 거야.
분명 내가 원하는 모습에 닮아가고 있을 거야.

○

어떤 선택을 할지 고민하고 있나요? 내 마음이 향하는 곳이 보이나요?

~~~~~~

~~~~~~

내가 나에게

나 때문에 항상 고생하는 나에게
오늘도 수고했다고 토닥토닥.

내일 또다시 일어나기 위해서는
이 시간이
너무너무너무너무너무너무너무
꼭 필요하다.

나를
토닥토닥해줘요.
오늘 하루도
수고했다고.

불행의 원인

나 외에 다른 것들은
나를 괴롭히지 못해.
행복은 내 안에 있으니까.

결국 나 스스로 행복해져야 하는 거야.

○

원망하거나 미워하는 사람이 있나요? 내 행복에 그들이 필요할까요?

~~~~~~

~~~~~~

~~~~~~

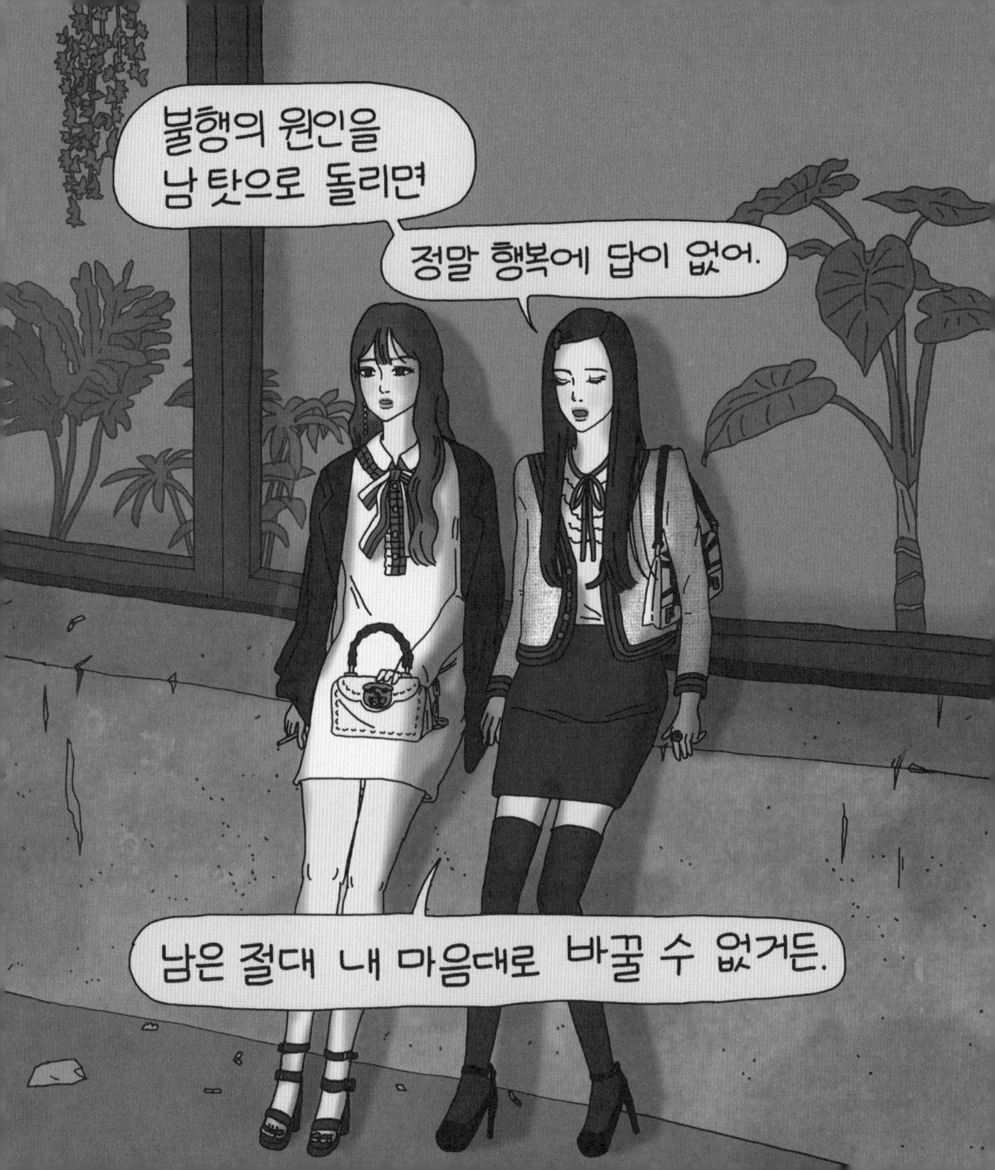
불행의 원인을 남 탓으로 돌리면
정말 행복에 답이 없어.
남은 절대 내 마음대로 바꿀 수 없거든.

좋은 사람

주변의 좋은 사람들에게
당신도 알려주세요.
그들이 얼마나 좋은 사람인지를.

좋은 게 좋은 거지,

안 좋은 건 안 좋은 거야.

착한 아이 콤플렉스

상대적인 나의 모습

자신감이라는 매력

내가 나를 믿지 않는데,
누가 나를 믿겠어.

내가 나를 좋아하지 않는데,
누가 나를 좋아하겠어.

관계에서 가장 중요한 건
내가 나를 사랑하는 마음.

새벽이라서

모든 건 변하고
영원한 건 없다.

그래,
모든 건 변하고
영원한 건 없어.

이 당연한 사실이
슬픈 건 나뿐인가 봐.

○

그래도 변하지 않았으면, 하고 바라는 게 있나요?

그렇다고 말해줘요

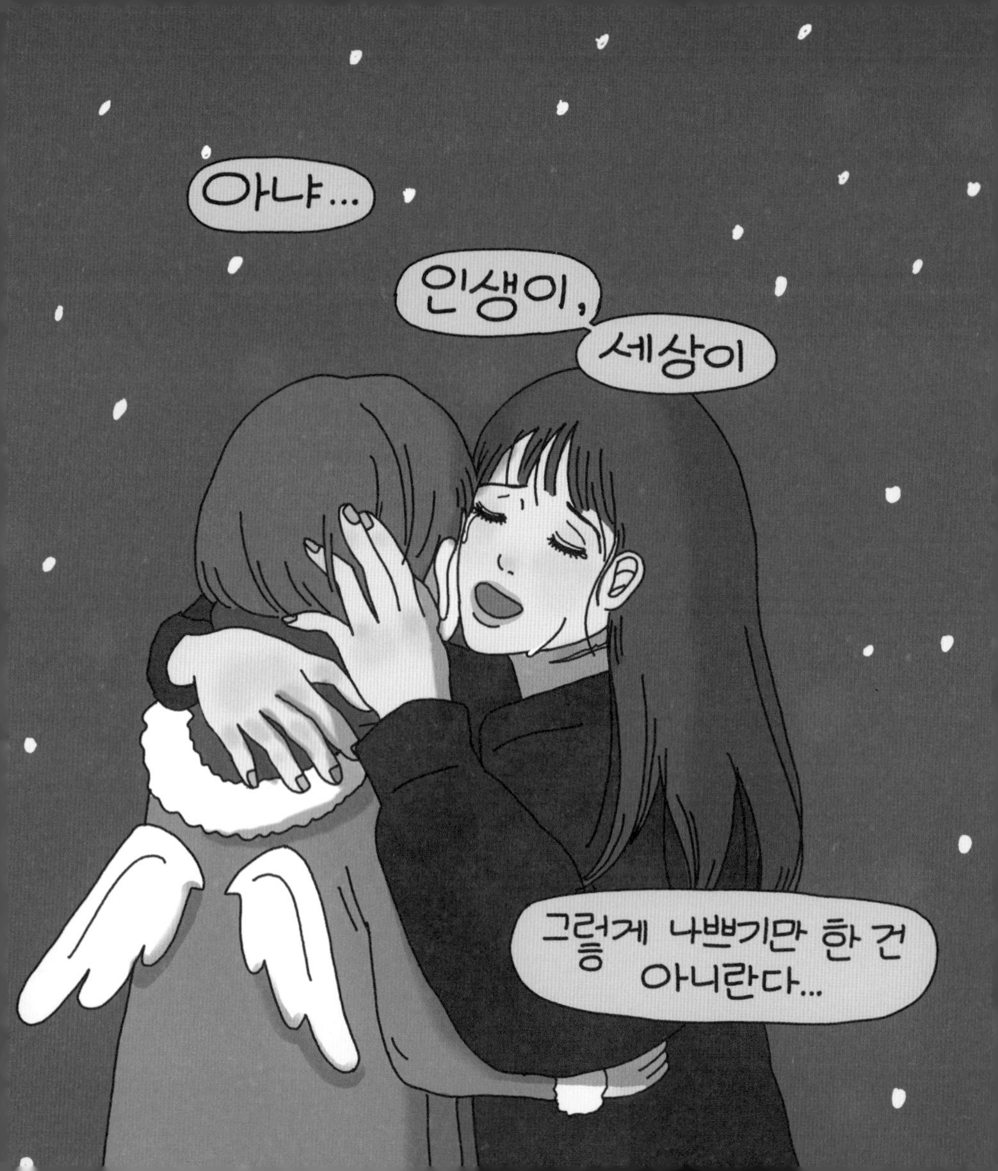
아냐...
인생이,
세상이
그렇게 나쁘기만 한 건
아니란다...

일기를 쓰는 이유

나는 나와
24시간, 하루 종일, 1년 365일
함께 있다.

그런데도 가끔 내가
슬픈지, 기쁜지
뭘 말하고 싶은지, 뭘 좋아하는지
왜 사는지
잘 모를 때가 있다.

일기를 쓰는 시간은
오늘 하루 내가 어땠는지
나를 알아주는 시간.
그리고 기록하는 시간.

지금부터 제대로 준비하자!
백세시대! 노후준비!

하루라도 젊을 때 즐기는 거야!
한 번사는 인생!

연애도 해야지?
사랑이 최고다!

다들 자기 목소리 내기에 바쁜데.

BEST SELLER

마음을 비워야지!

꾸미자!
외모가 경쟁력!

돈 불려야지!!

색칠하면서 힐링해보자!!

여행가야지!
죽기 전에 후회하기 싫으면!

뭐...뭘...
어..어떻게...

...꿀꺽

난 쫄아서 한 마디도 제대로 안 나온다.

베스트셀러

도서관에 수두룩 빽빽이 꽂힌 책들을 보면 기분이 잡친다.
세상에 이렇게 많은 인간들이 자신의 목소리를 내기 바쁜데,
거기에 쫄아서 목이 멘 나는 한마디도 제대로 안 나온다.

그러다 나를 대변하는 것 같은 공감되는 책을 접할 때에는
이상하게도 들뜬 마음과 질투심이 함께 몰려온다.

천재라고 불리는 사람들.
난 그런 사람이 될 수 없다.
그저 책장을 넘기며 감탄하고
공감의 목소리를 얹는 것밖에는 할 수 없다.

나는 추종자다. 그런 운명을 타고났다.
천재는 추종자가 만든다. 모든 사람이 천재가 될 수는 없다.
그것을 인정하는 것이 쉽지 않았다.

모든 사람은 자신이 특별하다고 믿는다.
그래야 희망이 있기 때문에.

우리 더 열심히 놀자

왜냐하면
노는 게 남는 거니까!!!

매너리즘

더이상 설레는 것도
궁금한 것도
흥미로운 것도 없고
아무 말도 안 들리고
아무것도 안 보여.
누군가 나를
여기서 꺼내줘.

꺼내줄 사람은
딱 한 명,
바로 '나'

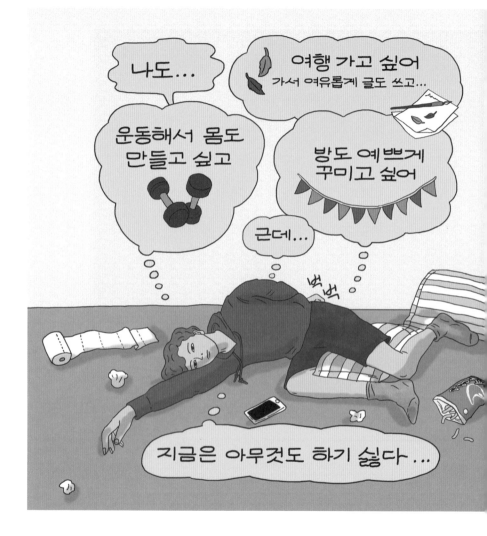

따로 노는 몸과 마음

하고 싶은 건 되~~~게 많다.

나도 운동해서 몸도 만들고
멋진 옷 입고 인스타그램에 사진 올려서
'좋아요' 만 개 받고 싶어.

여행 가서 여유롭게 글 쓰고, 사진도 많이 찍고….
구멍 난 내 가슴에 힐링을 해줘야지.

잡지나 드라마에 나오는 곳처럼 방도 예쁘게 꾸미고 싶어.
그리고 사람들을 초대해 홈 파티도 열고
젊은 날의 추억을 많이 많이 만들어야지!

근데 현실은 누워서 주구장창 핸드폰만 보네….

그리고 생각한다.
'언젠가 내가 꼭….'

부러운 사람

합격한 사람.

사랑을 해본 사람.

...엄마가 있는 사람.

안 아픈 사람요.

안 아프고 건강한 사람.

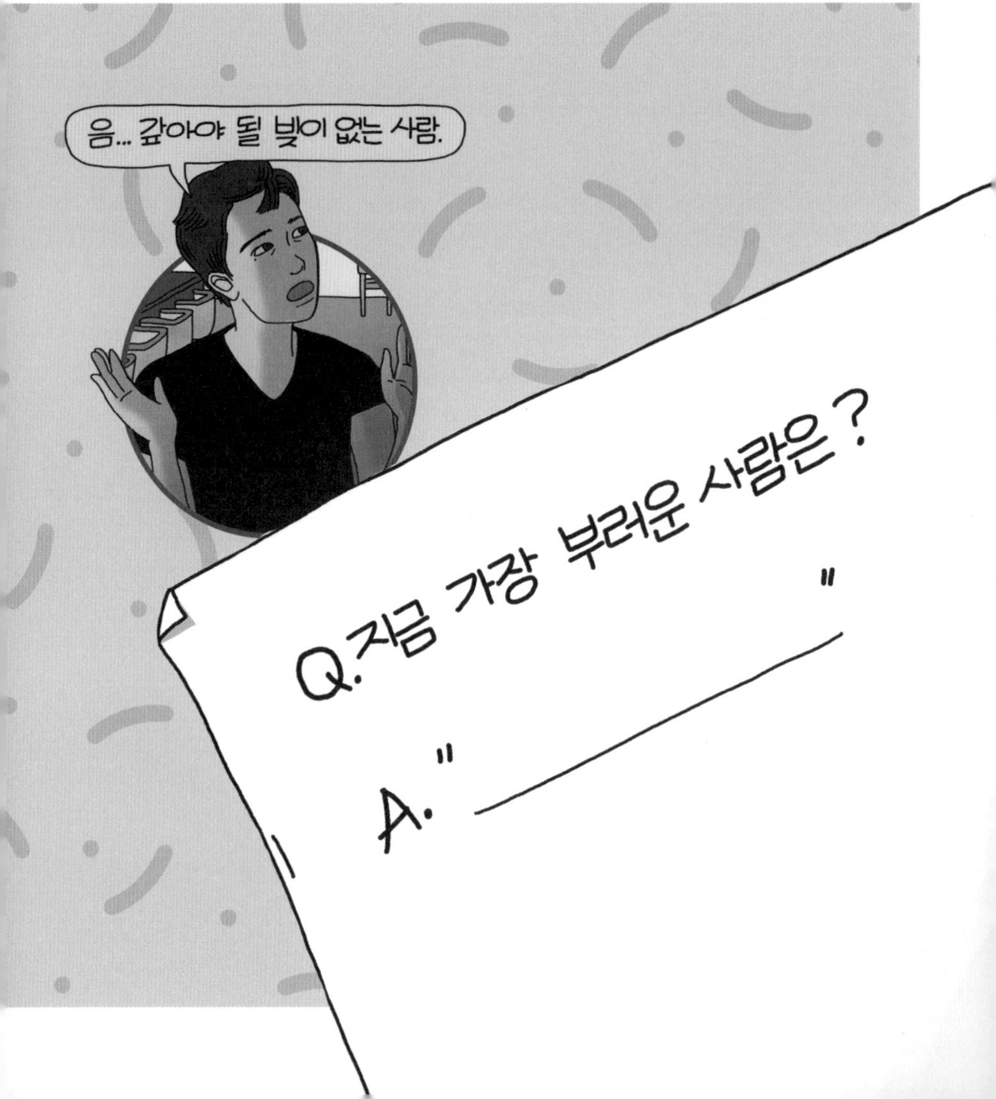
음... 갚아야 될 빚이 없는 사람.
Q.지금 가장 부러운 사람은?
A."
"

나는 살고 싶다

이가 흔들리기 시작했다.

스트레스를 많이 받으면 이가 흔들리기도 한다던데...
...나 그 정도로 힘드나?

쿵~

병원에 가봐야 하나..
하.. 치과 돈 드는데...

〈한달 뒤〉 GRAFOLIO 연말파티
~ 멋진 작가님들과의 술자리 ~

〈다음 날〉
헉 잇몸에 뭐가 났어!!

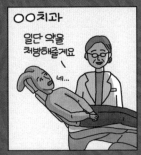

생활습관과는 상관없어요.

골육종이 주로 젊은 연령층에 나타나기도 하고

워낙 희귀암인데다...

...원인은 아직 모르는 병입니다.

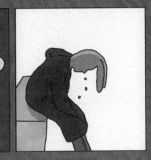

여보세요

나야, 지금 여기 와줄 수 있어?

..무슨 일인데 그래??

나...

암이래.

나중에 찾아보니
불이나는 꿈은 길몽이라고 한다.

그런데 나는 꿈속에서 불을 꺼버렸다.

불씨가 조금 남아있을 때...

잠에서 깼다.

그때야 비로소 절실히 깨달았다.
내 삶은 유한하다는 것.
내가 생각하고 느끼는 지금 이 시간은
분명 끝이 있다는 것.

그리고 그 끝이 언제 올지
내가 절대 알 수 없다는 것을 말이다.

어쩌면 당연한 그 깨달음은
처음으로 내가 온몸을 떨며 올 만큼
거대한 두려움으로 다가왔다.

온몸으로
깨달았던 것이다.
내 삶에 '죽음'이 있다는 것을.

'나도 죽을 수 있다.'

열 시간의 수술을 받았다.
그 이후의 시간 동안
죽음에 대한 두려움을 덮을 만큼의
고통에 대한 두려움과 힘겹게 싸웠다.
차라리 죽는 게 낫지 않을까 싶을 정도로.

잘 수 없고
먹을 수 없고
움직일 수 없고
말도 할 수 없고
냄새도 맡을 수 없고
숨도 제대로 쉴 수 없고
그래서 울 수도 없는
막막한 시간이 끝없이 계속되었다.

매 순간 아파서
한 시간이 1년처럼 느껴질 만큼
시간이 느리게 갔다.

잠깐이라도 잠이 들면
바로 악몽을 꿨다.

'제발 나를 살려줘!!'

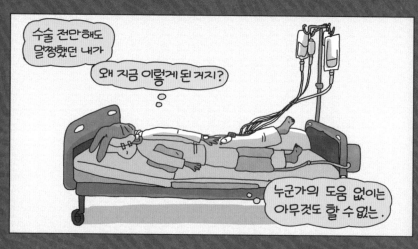

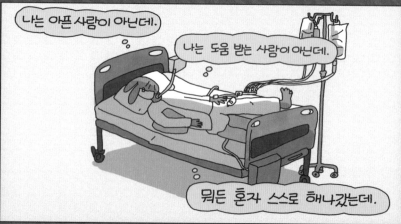

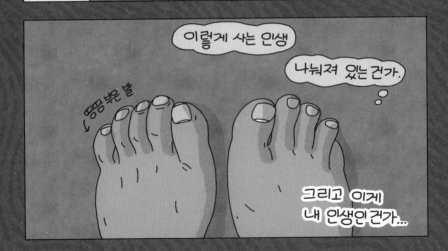

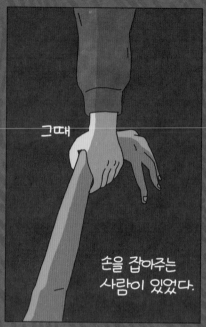

엄마

　　　가족...

　　　　　나를 사랑하는,

　　　　　　또 내가 사랑하는 사람들.

왜 하필 나야

살다 보면 정말 어떻게 이렇게까지
힘들 수 있을까, 하는 일들이
예고도 없이 나타난다.

그때마다 마치 테스트를 받는 기분이 든다.
어때? 이래도 견딜 수 있겠어?

나는, 견딜 수 있을까?

●

억울할 만큼 힘든 일 경험해본 적 있나요?

~~~~~~

~~~~~~

~~~~~~

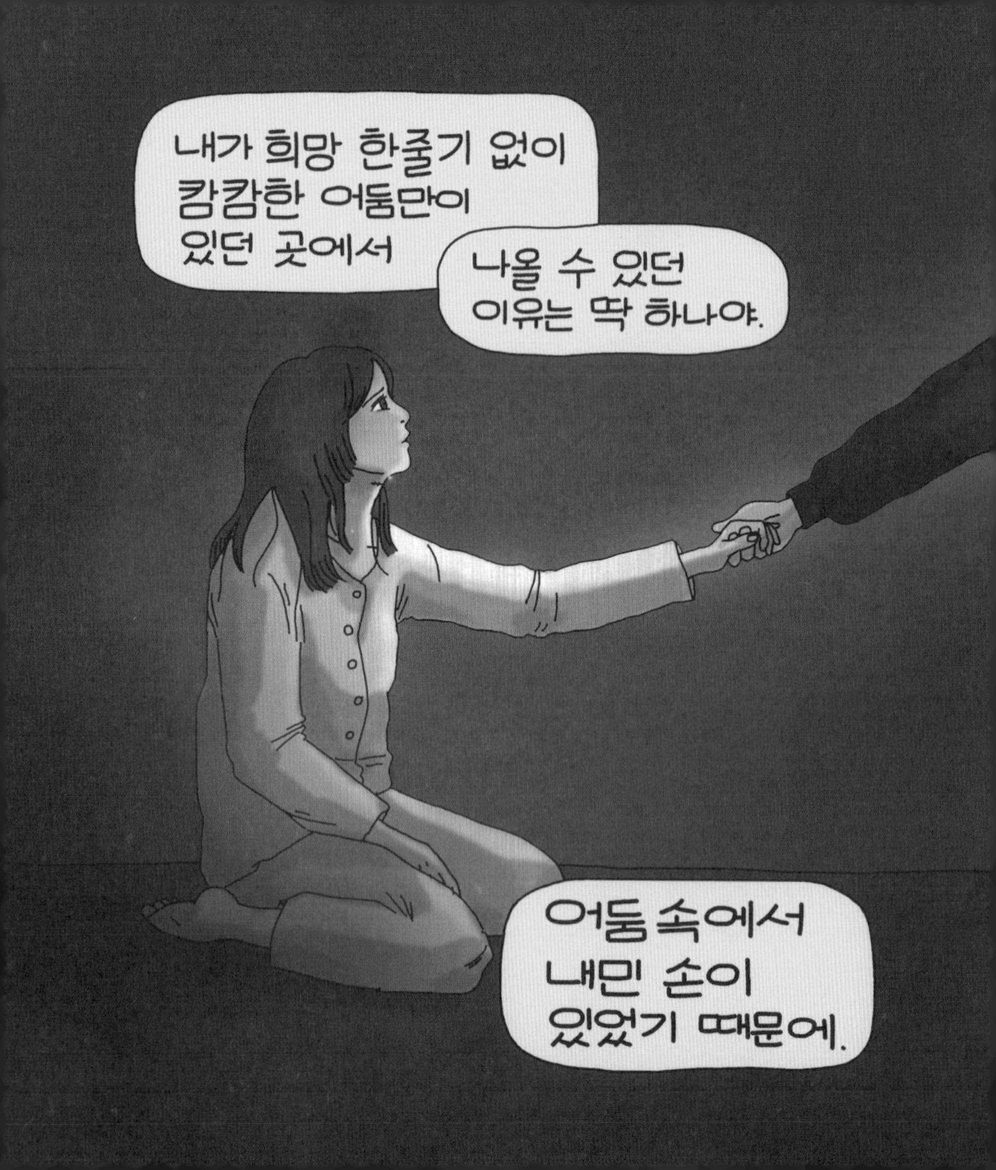
내가 희망 한줄기 없이
캄캄한 어둠만이
있던 곳에서
나올 수 있던
이유는 딱 하나야.
어둠 속에서
내민 손이
있었기 때문에.

어둠 속에 내민 손

절망의
절망의
절망밖에 없을 때
옆에 있어주는 사람.

영원히 잊지 못할 거예요.

자, 손.
얼른 잡아요.

몰랐어

불어오는 바람을 맞고
내려오는 햇볕을 쬐고
냄새를 맡고
음악을 듣고
잠을 자고
숨을 쉬고

내가 당연하게 누리는 일상이
얼마나 소중한 일이었는지를

잃어본 후에야 알았어.

하고 싶은 거 다 하자

나는 지금 죽기엔
하고 싶은 게 너무 많아.
하지 못한 게 너무 많아.

최대치가 궁금해

> "
>
> 내 마음속 열정과
> 안정의 대화.
>
> "

광합성

이제 그만
싫은 것들은
다 잊어버리고

비워둔 마음에
따뜻한 것만
가득히 채우고 싶어.

따뜻해

2장

네, 요즘
젊은 것들
입니다

난 내가 좋다

이루지 못할 꿈

평범한 꿈이 공중분해된다.
내가 생각하던 '평범'이
평범한 것이 아니라는 걸 깨달았을 때.

내가 생각한 '비범'은
노벨상을 타고, 우주를 가고, 세상을 바꾸고…
이런 거였는데.

지금은 수도권에 마당 있는 집에 사는 사람이
가장 비범해 보인다(20억은 어떻게 해야 생기는 거지?).

그렇게 저는 오늘도
이루지 못할 꿈을 꾸었습니다.
남의 집 앞에서.

○

남몰래 꾼 비범한 꿈이 있나요?

빈곤 속의 빈곤

청춘의 밤

살아보니
어차피 인생은
내 맘대로 안 되더라.

그런 핑계로
오늘도 너랑 한잔!

이렇게 잠시 불안에서
도망을 치네.

○

내 불안의 도피처는 어디?

~~~~~~

~~~~~~

~~~~~~

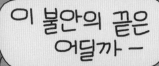

네가 원하는 모습

마이웨이로 가자

그래, 나는
결혼도 안(못) 했고
돈도 많이 못 벌고
여행도 못 다니고
차도 없고.

혼자서 지낼 때는 몰랐던 나의 모습에
갑자기 불안해진다.

하지만 결국 인생은
각자 알아서 살아가는 거고
행복도 각자 챙기는 거야.

잘 사는 기준도 속도도
내 페이스대로.

마이웨이로 가자.

내가 할 수 있는 일

성공

엄청나게 위대한 사람이 되고 싶었던 건 아니지만,

무시당하는 게 싫었다.
부끄러운 존재가 되기 싫었다.

엄마가 자랑스러워하는 사람이 될 거야.
네가 자랑스러워하는 사람이 될 거야.

○

당신에게 성공은?

~~~~~~

~~~~~~

~~~~~~

나와의 약속

나는 내가 가지고 있는 능력에 비하여
항상 큰 꿈을 가지고 있었다.

그 꿈을 꼭 이루고 싶어서
여기저기에 떠벌리고 다녔다.
창피를 당하기 싫어서라도
내가 노력하도록.

그 창피 당하지 않으려는 노력도
세월이 지나고 실패가 잦아지며
결국은 에라 모르겠다, 좌절됐지만
그래도 마음 한구석
나와의 약속이 존재한다.
사람들은 다 이미 잊었겠지만,
내가 기억하고 있다.

그래서 나는 지켜야 한다.
스스로 창피하지 않도록.

앞으로, 앞으로

마음먹은 넌

이미 빛나고 있는 걸,
반짝반짝.

난 변했는데

길을 걷다가

겁

나는 언제쯤
내 힘으로 혼자서
뜰 수 있을까?

못 할 건 없어

사람이 진심으로 마음을 먹으면
못 할 게 없다.

태평양도 건너고
하늘 위를 날 수도 있고
저 우주의 달에도 갈 수 있다.

나는 진심으로 그렇게 믿고 있다.
못 할 건 없다고.

네가
못 할 게
뭐야?

상상은 나의 힘

내가 가장 좋아하는 두 가지.

하나, 상상하기.
둘, 상상을 현실로 만들기.

내가 영화광인 이유

나… 제대로 살고 있는 건가?

아무도
내가 무슨 생각을 하는지
뭘 하고 싶은지
어디로 가는지
왜 사는지
물어보지 않을 때.
나조차도
나에게 물어보지 않을 때.

나는 쳇바퀴 돌듯 아무 생각 없이
그렇게 산다.

저기, 그쪽은 제대로 가고 있나요?

◉

오늘 무슨 생각했어요? 어디로 가고 있나요?

~~~~~~

~~~~~~

자야 되는데

너무나도 불안해서
수없이 많은 밤을
매일매일 울면서 잠들었다.

혼자 뒤처진 것에 대한 소외감
내가 왜 이 길을 선택했는지에 대한 후회
미래에 대한 막막함
오늘도 목표에 도달하지 못했다는 죄책감.

온갖 부정적인 감정들이
어둠과 함께 나를 덮쳐와
괴롭혔다.

오늘도 울다 지쳐
잠드는 당신,
당신만 그런 게 아니에요.

삭제 버튼

꿈은 어떻게 가지나요?

7시 기상, 헐레벌떡 등교.
내 생각을 말하는 것보다는
듣고, 읽고, 외우는 것을 반복.
하교는 어두컴컴해진 저녁에.

부모님 등골 브레이커가 되어
등록한 학원에 가서
또 듣고, 읽고, 외우는 것을 반복.
집에 갈 때는 캄캄한 밤.

그런데 어른들은 말한다.
요즘 애들은 게을러서
꿈도 없고,
근성도 없고,
패기도 없다고.

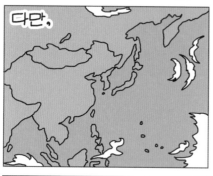

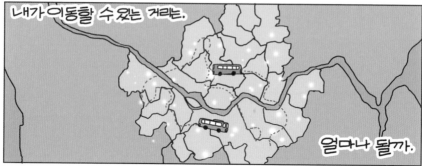

세상이 넓으면 뭐하나

엄만 대단한 거였어!

어릴 때 엄마가 땅 파도 10원 하나 안 나온다면서
한두 푼이라도 아끼려는 모습에
'나는 저렇게 살지 말아야지.
있을 때 있고 없을 때 없더라도, 벌면 펑펑 쓰고!
한번 사는 인생 호기롭게 살다 죽으리라' 했었는데.

그것도 다 내 몸 누일 공간 있고
하루 삼시 세끼 챙겨 먹을 여유가 될 때 하는 소리라는 걸
어른이 되어서야 알았다.

당연하게 있을 거라 여겼던
집, 내 방, 차… 이런 것들 중
내 힘으로 가질 수 있는 게 아무것도 없다.

○

꼭 닮고 싶은 엄마의 모습이 있나요?

〰〰〰〰〰〰〰〰〰〰〰〰〰〰〰〰〰〰〰〰〰〰〰〰〰

〰〰〰〰〰〰〰〰〰〰〰〰〰〰〰〰〰〰〰〰〰〰〰〰〰

문제는 그거야

남들의 시선 따위에
좌지우지될 필요 없다고 생각하면서도,
그 시선에 무시보다는 존중이 있었으면 했고,
비호감보다는 호감이 있었으면 했다.

완벽하지도 멋지지도 않은 지금 내 모습보다는
매일 밤 꿈꾸는 미래의 내 모습이
진짜 나라고 생각하면서.

지금 무시를 당하고
호감이 아닐지라도,

나는 달라질 거야.
너는 달라질 거야.

●

내가 꿈꾸는 매력적인 내 모습은?

속마음

나만 빼고 다들 돈 번다.
나만 빼고 다들 여행 다니네.
나만 빼고 다들 연애하네.
나만 빼고 다들….

나만.
나만 뒤처지고

이대로 가다간
혼자 남겨지는 거 아닐까…?

속마음을
꺼내본 적 있나요?
어쩌면
같은 생각일지도 몰라요.

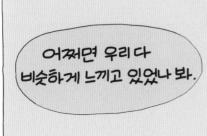

요즘 놈들

요즘 놈들은
배가 불러서
헝그리 정신이 없고
근성도 없고
인내도 모르고
허세에 가득 차
돈 쓸 줄만 알고
부모에게 빨대 꽂아
피 빨아먹는
흡혈귀 같은
것들.

아아, 그렇다.
나는
너무도 슬픈
요즘 놈들인 것이다.

일단 웃고 보자

그래도 어쩌겠어.
계속 살아가야 하는데.

슬프고 억울해도
화가 나고 가슴이 답답해도
한번 크게 울고
한번 크게 웃고
내일 다시 일어나야지.

그래도 살자.
우리, 그래도 살자.

붉은 노을

잃을 것도 없는데
뭘 그리 두려워하나?

시간을 낭비하자

건설적으로 사는 것도
이제 지쳤어.

오늘은
다 잊고
그저 먼지처럼
한없이 가볍게.

오늘은 먹고 보자

돈 쓰는 거 최고!

행복은
10억을 모으는 것보다
집에 가는 길에 붕어빵 세 개를
2000원에 사는 데에 있지 않을까?
…는 무슨.

10억 갖고 싶다. 잘 쓸 수 있는데.

O

행복한 상상 한번 해볼까요?
10억이 생기면 뭐 하고 싶으신가요?

고령화 사회

세상을 탓하는 건 아니야.

단지 이 세상을
내 자식에게 살게 할지는

아직 잘 모르겠어.

투표

투표하지
않은 자,
청춘을 논할
자격이 없나니.

♫

최선

너한테 투자하는 거야

자기애와 자기비하

어떨 땐 내가 나여서 참 좋다가도
어떨 땐 정말 꼴도 보기 싫을 만큼 싫어져.

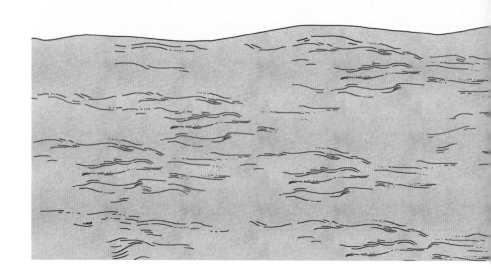

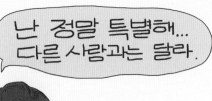

3장

연애,
가장 재미있는
놀이

사랑이 올까요?

하지만 이렇게 이불 속에만 있으면
안 생길지도….

○

누구나 사랑에 대한 판타지 하나씩은 있잖아요, 한번 얘기해볼까요?

~~~~~~

~~~~~~

~~~~~~

노세 노세 젊어 노세

연애만큼 재미있는 놀이가 있을까요?

설렘
떨림
수줍음
질투
가슴 아픈 이별까지도.

사랑은 인생의 꽃 같은 선물이에요.

마음을 알아채는 순간

널 알고 싶은 만큼

예전에 어떤 다큐에서
북유럽의 한 커플이 헤어지는 이유로
'우주에 관한 철학이 맞지 않아서'
라고 말하는 걸 본 적이 있다.

처음엔 그게 어떻게 헤어지는 이유가 되냐고 생각했지만,
자신에게 그게 정말 중요한 기준이라면 그럴 수도 있겠다 싶었다.
아마 그 커플은 비슷한 이유로 사랑에 빠지지 않았을까.

나는 어떤 말에서 사랑에 빠질까?
사람의 어떤 면을 알아가고 있었을까?

학벌, 차, 좋은 물건, 몸이나 얼굴이 아닌
서로의 철학과 사상이
사랑하고 헤어지는 데 가장 큰 이유가 된다면

우리가 살면서 좇고 있는 것들도
조금은 달라지지 않을까?

뜨거운 순간

근사한 밤

나를 제대로 봐주는

사람,
사랑.

●

어떤 사람이 가장 나를 나답게 해주나요?

~~~~~~

~~~~~~

~~~~~~

나쁜 관계

알쏭달쏭 헷갈리고
이리저리 휘둘리고
쥐락펴락 마음을 흔드는 걸
알면서도.
이 관계의 끝이
뻔하다는 걸
알면서도….

이 관계를 끊을 수 없는 이유는
단 한 가지.

좋아하니까.

'나쁜 관계'라고 할 만한 연애가 있었나요? 그때의 나에게, 상대방에게 한마디 적어본다면?

넌 그럴 자격 있어

진짜 좋은 관계는
그 사람과 함께 있는
'내 모습'이 마음에 드는 관계라고 한다.

그래,
내 인생에선 내 행복이 1순위.

나를 너무 힘들게 하는 사랑은
진짜 사랑이 아닌 거야.

넌 그럴 자격 있어.
행복해질 자격.

순정 만화의 폐해

현실 연애 좀 망치면 어때.

나만의
환상 속 그대도
소중한걸.

○

당신의 환상 속 그대는?

~~~~~~

~~~~~~

~~~~~~

실연주

그래도 친구밖에 없다.

○

눈물 없인 못 듣는 실연 스토리가 있나요? 그리고 그 옆을 지켜준 친구는 누구였나요?

~~~~~~

~~~~~~

~~~~~~

엎질러진 마음

우리 모두 있을 때 잘하자.
잘 아는 말이지만….

신은 왜
인간을 어리석게 만들어서
같은 실수를 반복할까요?

○

실수로 사랑을 놓쳐본 적 있나요? 혹은 놓아본 적 있나요?

~~~~~~

~~~~~~

~~~~~~

두 번의 실수

똑같은 레퍼토리

그 애는 알까?
어느새 내 머릿속 깊숙이
한 부분을 차지하고 있다는 것을.

술만 마시면 생각나고
그때 일을
되짚고
또 되짚고.

내 이야기 속 주인공이 되어버린 것을.

o

당신 이야기 속 남자 주인공, 여자 주인공은 누구인가요?

~~~~~~

~~~~~~

~~~~~~

잘 지내?

그리움과 집착 사이

한때 나와 가장 가까웠던 사람이
이제 절대 다시 가까워질 수 없는
남이 되었다는 사실을
받아들이지 못해서일까?

그건 집착일까, 그리움일까?
그 애매한 경계에 갇혀서
헤어나지 못하고

SNS로 그 애 일상을 캐는 게
나의 일상이 되어버렸다.

변태인가.
아니, 사실은 그냥
SNS 중독자.

기억해줘

함께했던 장소
나눴던 대화들
입었던 옷
눈빛
분위기
사소한 너의 말투, 말버릇까지
나는 그 어느 것도
잊지 못하고 있는데….

네가 원래 기억력이 좋아서라도
나를 계속 기억해줬으면.

잊지 말아줘.

●

시간이 지나도 잊지 못하는 사람이 있나요?

〜〜〜〜〜〜〜〜〜〜〜〜〜〜〜〜〜〜〜〜〜〜〜〜〜〜〜〜〜〜
〜〜〜〜〜〜〜〜〜〜〜〜〜〜〜〜〜〜〜〜〜〜〜〜〜〜〜〜〜〜
〜〜〜〜〜〜〜〜〜〜〜〜〜〜〜〜〜〜〜〜〜〜〜〜〜〜〜〜〜〜

성숙한 사랑

떠나보낸 후에야
좋은 사람이 될 수 있더라.

고마워,
네 덕에
더 좋은 사람이
되었어.

망설임

너의 눈길

그렇게 떠나버릴 거면
그렇게 바라보지 말지.

다 잊어도
그것만은 못 잊겠어.

날 사랑스럽게 보던 그 눈빛.

○

당신이 잊을 수 없는 한 가지는?

~~~~~~

~~~~~~

~~~~~~

사랑은 또 온다

힘내, 친구야.
사랑은 또 온다.

우리 또 사랑하자.

또 버림 받고,
또 상처 받고,
또 만신창이가 되어도
그래도 또 사랑하자.

우리가 그렇게 마음먹는다면,
그렇게 믿는다면,

사랑은 또 오니까.

약속해

4장

혼자 있고
싶을 때,
함께여서
좋을 때

길 고양이에게

가끔 너무 외로워서
그냥 있다가도
울컥 울어버렸다.

하지만 그걸 누구한테
말하지는 못했다.

당신에게
말할래요.
외로워요.

사실... 너무 — 외로울 때가 있어.
하지만 그걸 누구한테 말하지는 못하겠어.
부담을 주는 사람이 되긴 싫거든...
니야아옹
응? 너도라고?

우리 함께라면

오해와 소문

아니라고 말해봤자
들어줄까?

그럴 거였음
나한테 물어봤겠지.
남의 말을 믿기 전에.

○

소문에 시달렸던 적 있나요? 어떻게 대처했나요?

~~~~~~

~~~~~~

~~~~~~

친구야 고마워

학교 끝나고 집에 돌아가는 길 나와 함께 있어줘서
만화책 한 권을 읽고도 나와 깊은 토론을 해줘서
장난치고 신나게 놀고 웃으며 날 행복하게 해줘서

말하기 힘든 비밀을 털어놓고 공유해줘서
내가 억울할 때 나보다 더 심하게 욕해주고 열 내줘서

우정 가득한 길고 긴 수많은 편지를 줘서
밤새도록 미래의 남자 친구에 대한 로망을 속삭여줘서
서로의 꿈을 응원하고 지지해줘서, 넌 꼭 할 수 있다고 말해줘서
고마워.

나한테 이렇게 많은 추억을 갖게 해줘서
고마워, 친구야.

○

고마운 친구가 있나요? 친구에게 고마운 점을 적어보고 말해봐요.

빛나는 순간

앨범을 보았다.
그 당시 가장 친하고 시간을 자주 보냈던
사진 속 사람들이 지금은 내 곁에 없다.
사진으로만 남겨져 있는 그들이 그리웠다.

그들을 되찾고 싶었지만
결국 영원한 사이가 없다는 것을 깨닫고 슬퍼했다.

하지만 사진 속 해맑게 웃고 있는 내 모습을 보면서,
지금 그들이 내 곁에 없더라도
그때의 나와 행복한 순간들을 만들어준 것만으로도
고마웠다.

그리고 지금
내 곁에 있어주는 사람들과의 시간을
더 소중히 여겨야지.

#결론_있을_때_잘하자!

밝은 사람

밝은 사람이라고
왜 없겠어요,
힘든 게.

○

당신은 밝은 사람인가요? 혹은 주위에 밝은 사람이 있나요?

~~~~~~

~~~~~~

~~~~~~

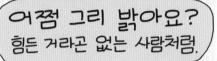

어쩜 그리 밝아요?
힘든 거라곤 없는 사람처럼.

하하-

저라고
왜 없겠어요.

단지 전... 조금이라도
좋은 기운을 주는
사람이 되고 싶어서요.

장난을 가장한 공격

퍽

퍽

퍽

퍽

인상 펴! 장난이야~

자존감 도둑

무시하는 마음

배려라는 멋

예전에는 잘 몰랐다.

불편한 상황에서 먼저 웃을 줄 알고
남에게 상처를 줄 수도 있는 말을 생각 없이 내뱉지 않고
상대에 맞게 맞춰주는 이런 행동들이
정말 배려심을 많이 필요로 한다는 것을,
그리고 그 배려심이 정말 멋지다는 것을.

그런 멋진 면을 알아봐주고
박수 칠 줄 아는 사람이 되어야지.

또 나도 그런 멋진 사람이 되어야지.

입을 다물게 되는 이유

그리고 속으로 생각했다.

네가 날 그렇게 잘 알아?

사실 그 애의 그런 말이나 행동은 문제가 안 돼.
걘 원래 그러니까.
문제는 나야.
나 혼자 상처 받고
걜 내 마음에서 놓게 될까 봐
그게 무서운 거야, 나는.

포기하게 될까 봐

상처 받은 마음을
그저 괜찮은 줄 알고 덮어두었다.

하지만
괜찮지 않았나 보다.

속에서 곪아버려서
결국 터져버리고 만다.

○

마음에서 놓게 될까 두려운 사람, 있나요?

~~~~~~

~~~~~~

~~~~~~

고마워, 미안해

가까운 사람일수록
더 표현하기.

우리 지금 당장
고맙다고 말해봐요.

이해

나를 전부 이해해주는 사람이
있을 수 없다는 걸 잘 안다.

하지만
전부 이해하고 싶어 하는 사람이
있었으면 했다.

○

아무도 이해 못 할 혼자만의 아픈 비밀이 있나요?

~~~~~~

~~~~~~

~~~~~~

내 편

넌 혼자가 아니야.
내가 있잖아.
그러니까 울지 마.

화장 잘된 날

또 나만 진심이지

정말 힘든 날

친구 목록에 사람은 많은데
연락할 수 있는 사람은 몇 명 없고.

그마저도 연락한 사람은
받지도 않고.

오늘은 정말
집에 혼자 들어가기 싫은데….

○

정말 혼자 있기 싫은 날, 누구한테 연락하나요?

~~~~~~

~~~~~~

~~~~~~

그때로 돌아가

만나는 순간
타임 슬립!

O

타임머신 같은 친구들이 있나요?

~~~~~~

~~~~~~

~~~~~~

혼자서도 잘해요

이제 너무 익숙해진
나와 있는 시간.

혼자 하기 두려웠던 것들도
하나둘씩 아무렇지 않게 한다.

묵언수행도 이제 어렵지 않아요.

응, 정말 아무렇지도 않은걸.
(…나 괜찮은 거 맞죠?)

●

혼자 하기 두려운 것이 있나요? 반대로 꼭 혼자 하고 싶은 것은?

~~~~~~

~~~~~~

~~~~~~

친구를 갖는다는 건

휘—잉

띡
띡
띡
띡

결국은… 나 홀로 집에

각자의 사연

누가 그랬다.
인생의 고통은 어느 정도 한계가 있어서
신은 견딜 만큼의 시련만 주신다고.

누군가를 위로하기 위해 만들어낸 말이겠지만
나는 이 말을 이렇게 이해했다.
'누구에게나 할당량의 고통이 있다.'
겉으로는 아무 고통도 모르고 해맑아 보이는 사람도
그 이면에는 어떤 사연이 있을지 모른다.

나 또한,
너 또한.

○

부러운 사람이 있나요? 어떤 점이 부러운가요?

~~~~~~

~~~~~~

~~~~~~

충전

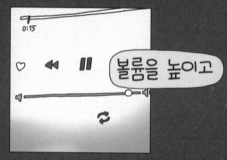

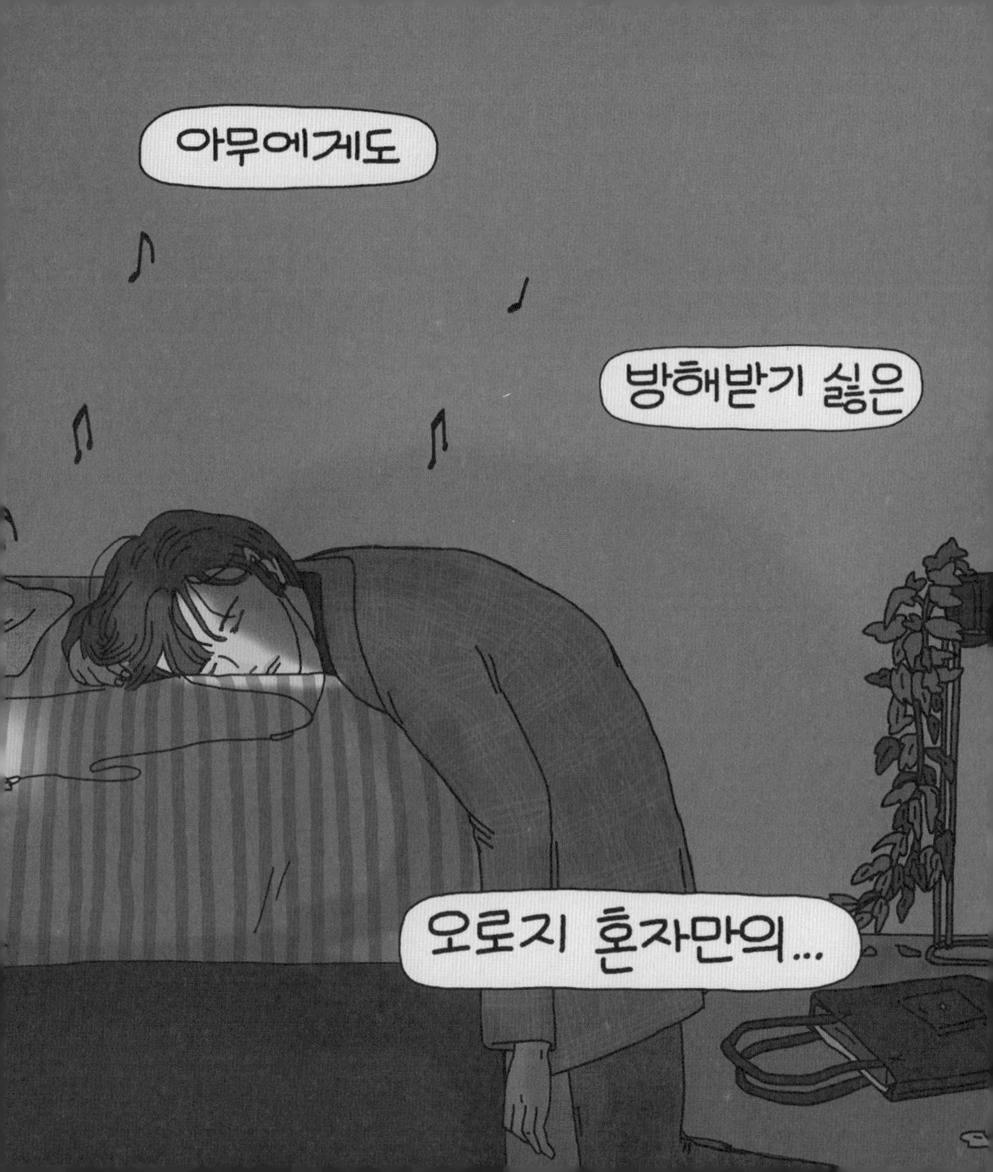
아무에게도
방해받기 싫은
오로지 혼자만의...

외로움을 많이 타는 사람이라서
느끼는 감정이라고 생각했다.

그래서 찾았다.

내 가슴의 구멍을
메워줄 사람을...

단짝 친구

베스트 프렌드

소울메이트

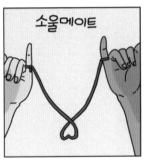

남자 친구

애인

다양한 수식어를 붙여가며

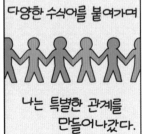

나는 특별한 관계를
만들어나갔다.

사랑하는 사람과 함께

너무나 행복한 시간들을 보낼 때는

메워지는 것 같았다.

외로움을 느낄 틈 없이...

하지만 시간이 흐르고

헤어지고

혼자 남고 나면

메워지지 않는 둑처럼

와르르

아물지 않는 상처처럼
가슴속 구멍은

다시 뻥 뚫린 허함으로

나를 기다리고 있었다.

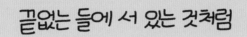

끝없는 들에 서 있는 것처럼

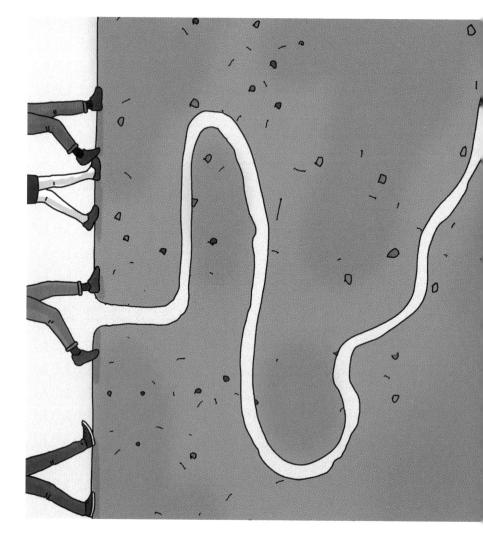

나는 나에 대해 생각했다.

나의 살아온 모습을

나의 자랑하고픈 멋진 모습과

드러내고 싶은 창피한 모습까지.

그리고 나의 그런 모습

하나하나를
있는 그대로
받아들였다.

어쩔 수 없으니까.

나니까.

어쩔 수 없는
나 자신이니까.

나를 위한 일들을
기록하고
꿈꾸고

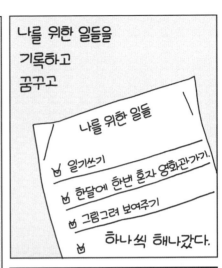

나를 위한 일들

☑ 일기쓰기

☑ 한달에 한번 혼자 영화관가기.

☑ 그림그려 보여주기

☑   하나씩 해나갔다.

그때
메워지지 않을 것 같던
아물지 않을 것 같았던

내 가슴의 구멍에

조금씩
새살이 차오르는 것 같았다.

그리고 뿜어내고 싶어졌다.

이 차오르는,
가슴속 깊은 구멍에
쌓아왔던,
내 안의 것들.

눈물을, 공유하는 사람.
말을, 소통하는 사람.
기운을, 나눠주는 사람.
열정을, 불러일으키는 사람.
꿈을, 꾸게 하는 사람.
빛을, 내는 사람.
영혼을, 뿜어내는 사람.

그런 사람이 되고 싶어졌다.

이제 그런 사람이 되기 위한 행동들을
하나씩 해나가려고 한다.

나를 위한 일들

- [ ] _____
- [ ] _____
- [ ] _____
- [ ] _____
- [ ] _____
- [ ] _____
- [ ] _____
- [ ] _____
- [ ] _____
- [ ] _____

너하고
싶은거
다해

초판 1쇄 발행 2018년 6월 11일
초판15쇄 발행 2023년 1월 25일

지은이 임유끼
펴낸이 이승현

기획팀 오유미
디자인 김태수

펴낸곳 ㈜위즈덤하우스 출판등록 2000년 5월 23일 제13-1071호
주소 서울특별시 마포구 양화로 19 합정오피스빌딩 17층
전화 02) 2179-5600 홈페이지 www.wisdomhouse.co.kr

ⓒ 임유끼, 2018

ISBN 979-11-6220-603-4 02810